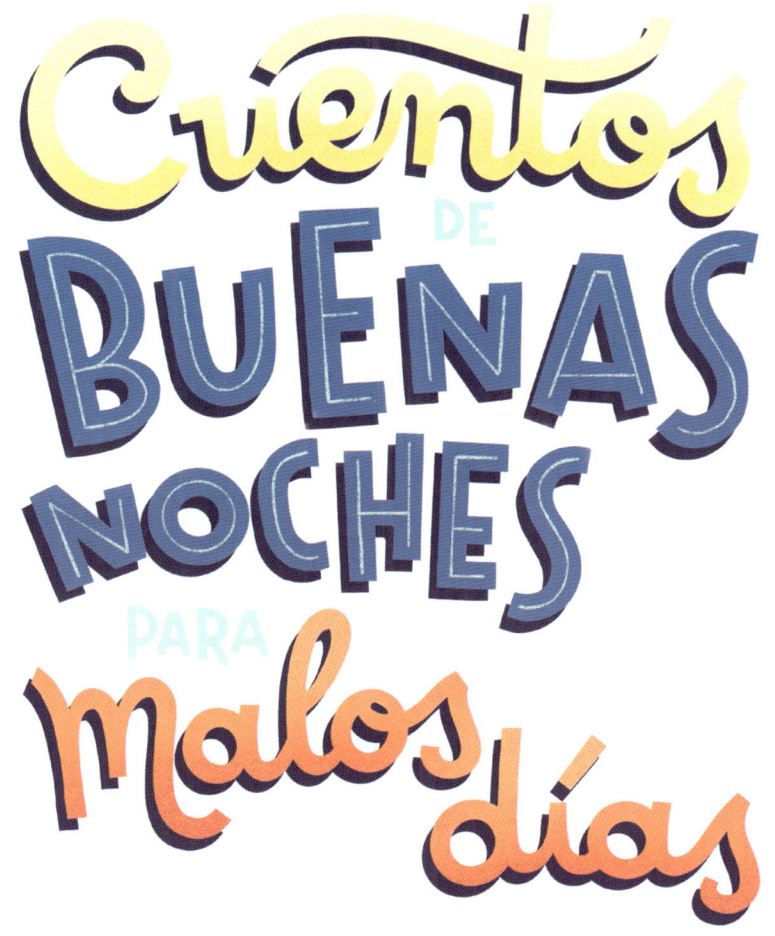

Cuentos de buenas noches para malos días

serres

Para Mel y Colin, que mejoran cualquier mal día

S. S.

SCOTT STUART

Cuentos de Buenas Noches para Malos días

Traducción de
ROCÍO RINCÓN FERNÁNDEZ

ENCUENTRA TU CUENTO

Cuando has tenido un día muy duro — 6

Cuando estás triste — 8

Cuando tienes miedo — 10

Cuando te asusta mostrarte como eres — 12

Cuando hemos discutido — 14

Cuando te preocupa el futuro — 16

Cuando tienes demasiada energía para dormir — 18

Cuando te parece que te has esforzado en vano — 20

Cuando necesitas sentir que te quiero — 22

Cuando te agobias — 24

Cuando no puedes controlar los cambios que te rodean — 26

Cuando echas de menos a un ser querido — 28

Cuando necesitas ayuda para dormirte — 30

CUANDO HAS TENIDO UN DÍA MUY DURO

Cuando cierres con fuerza los ojos al acostarte,
recuerda que te has esforzado, que has hecho tu parte.

Por duro o complicado, el día se nos hace pesado.
¿Intentamos dejarlo atrás y olvidar el pasado?

Como hay que descansar para olvidar las preocupaciones,
destensa todo el cuerpo e hincha los pulmones.

Hacia atrás es diez, nueve, ocho, siete, seis, cinco, cuatro costados,
no hay tres sin dos y, aunque al revés, hasta uno hemos contado.

No hay motivo de alarma, sueña con lo que te gusta.
Mañana será otro día, porque ya nada te asusta.

¡Buenas noches! ¡Párpados cerrados! Te quiero un montón.
Eres fuerte y te prometo que mañana irá mejor.

CUANDO ESTÁS TRISTE

Le das vueltas a la cabeza, sientes gran desazón.
Se te llenan los ojos de lágrimas y de pesar el corazón.

Parece que las estrellas ya no destellan como antes.
Esta noche en el cielo no quedan luces brillantes.

La oscuridad es parte de la vida y todos sentimos tristeza,
pero las estrellas volverán, tengo esa certeza.

Imagina algo que te guste o te parezca divertido.
Agárralo bien fuerte, como a tu peluche preferido.

Haz una lista de cosas que te hacen sentir agradecimiento
y dame un abrazo muy fuerte mientras la envías al firmamento.

A medida que se extiende la luz, la noche es más bella.
Cada cosa de tu lista se ha convertido en estrella.

Buenas noches, cierra los ojos y acomódate a mi lado.
Déjate llevar por el sueño bajo este cielo estrellado.

CUANDO TIENES MIEDO

Notas que te tiembla el cuerpo y el terror te inunda.
Tienes los músculos tensos y el corazón te retumba.

El corazón se te desboca como si se acercara un temporal.
Crees que será para siempre, pero todo tiene un final.

Se disiparán los nubarrones. Pronto dejará de llover.
Cuando esta noche haya acabado, relucirá el amanecer.

Tu mano cogiendo la mía será siempre una constante.
Piensa en lo que vendrá mañana: una luz más radiante.

El sol llenará tu mañana de luz y de color.
La tempestad no dejará rastro, solo habrá calor.

El miedo se esfuma deprisa, no dura una eternidad.
El miedo que sientes ahora se irá con la tempestad.

CUANDO TE ASUSTA MOSTRARTE COMO ERES

Quizá hoy te has encogido para no llamar la atención,
para no destacar nada y ser alguien más del montón.

Quizá te consideras diferente, alguien raro o llamativo.
Pero puedes enorgullecerte, te sobran los motivos.

La luz no entra en una caja si te encierras en ella.
El mundo necesita que brilles como una estrella.

¿Quién no tiene un día en el que se siente diferente?
¿Como si no dieras la talla o fueras insuficiente?

La caja en la que te escondes protege como un abrazo,
pero en realidad te aísla y te hace sentir rechazo.

Sal de esa caja y demuestra quien eres con orgullo.
El corazón te guiará, ¡ser diferente es lo tuyo!

Prueba a ser tú en cualquier situación de la vida.
Cuenta siempre con mi amor para encarar el día a día.

CUANDO HEMOS DISCUTIDO

La tormenta interna azota y se levanta el oleaje.
No puedes resguardarte de ese temporal salvaje.

Te parece que no te entiendo o que no te escucho.
Hemos dicho cosas sin querer, sin pensarlo mucho.

Hay rabia, miedo y angustia. Dudaremos, puede ocurrir.
Pero te prometo que nuestro amor nunca se va a extinguir.

Aquí, en pleno aguacero durante una noche oscura,
nos espera un faro que da una luz cálida y segura.

Nos guía entre las aguas y nos muestra a dónde ir.
Aunque nos enfademos, el faro parece decir:

«Aunque la tormenta se desate y la noche sea oscura,
mi amor seguirá brillando porque te quiero con locura».

Este cariño es una luz que no se apaga de repente.
Mi amor es como un faro porque brilla constantemente.

CUANDO TE PREOCUPA EL FUTURO

Sé que el mañana te asusta y no sabes qué va a pasar.
Probar algo nuevo te agobia y te hace dudar.

Eres como un polluelo que debe dejar el nido:
tiene ganas de volar, pero el corazón encogido.

Las alas le tiemblan porque está a mucha distancia del suelo.
Como tú, está nervioso, pero debe emprender el vuelo.

Aunque está deseando esconderse, deja atrás la timidez.
Con valentía despliega las alas y vuela por primera vez.

Puedes ser valiente y a veces sentir miedo.
Te asusta mucho no hacerlo bien o meterte en un enredo.

Sin embargo, aunque por miedo quieres huir o esconderte,
emprendes el vuelo e intentas planear. ¡Eso es ser valiente!

Respira hondo, cierra los ojos y sé consciente de tu valía.
Eres fuerte y podrás con los nuevos retos del día a día.

Traiga lo que traiga el futuro, me tendrás a tu lado.
Mi cariño te devolverá a casa. Te estaré esperando.

CUANDO TIENES DEMASIADA ENERGÍA PARA DORMIR

Estira los dedos, mueve los pies.
Marca el compás con las piernas después.

Levanta bien los brazos. ¡Venga, manos arriba!
Agítalas como si fueran de gelatina.

Sube mucho los hombros y déjalos caer.
Estira el cuerpo como si intentaras crecer.

Haz una mueca, una segunda y una tercera.
Sacude un dedo y luego la mano entera.

Tensa los músculos como si fueras a saltar.
Haz una pirueta. Eso nunca puede faltar.

Espira por la boca, inspira por la nariz.
Serpentea de un lado al otro con un baile feliz.

Viaja con tus dedos de la cabeza a la cadera.
Usa la nariz, no los labios. Respira de esta manera.

Piensa en la parte del día que más te ha gustado
o el momento que el corazón más te ha llenado.

Cuenta cada respiración, del uno al tres.
Mécete como un árbol y cuenta al revés.

Relájate entre las sábanas, aquí en tu hogar.
Con un último suspiro, por fin podrás descansar.

CUANDO TE PARECE QUE TE HAS ESFORZADO EN VANO

Cuando te apoyas en la almohada, con el cuerpo reposado,
noto tu decepción pese a lo mucho que te has esforzado.

Darlo todo no ha bastado o no sabes hacer algo nuevo.
He sentido lo mismo en el pasado. Escucha, te lo ruego.

He tenido días en los que lo que hacía no servía para nada.
La cabeza me daba vueltas. Nada iba bien, todo fallaba.

Aunque intentarlo con tanto empeño no me dio una alegría,
siempre lo hacía todo lo mejor que yo sabía.

Cuando naciste, te quedaba mucho por aprender,
pero ahora sabes hacer muchas cosas. ¡Eso es crecer!

Tuviste que aprender a hacerlo todo desde cero.
A todo lo que ahora te gusta antes ponías peros.

Hoy ya ha pasado y mañana empieza enseguida.
Siempre te querré, hagas lo que hagas en la vida.

No debemos compararnos con el resto,
lo importante es darlo todo, por supuesto.

Inspira profundamente y deja los ojos cerrados.
Piensa en el día de hoy y en lo que has logrado.

Cuando te vayas durmiendo, ten una cosa muy clara:
ser tú es lo importante, da igual lo que venga mañana.

CUANDO NECESITAS SENTIR QUE TE QUIERO

Quizá en algún momento me olvido de decir: «Te quiero».
O quizá se te olvida a ti que es un sentir sincero.

Pero mi querer crece a diario y se vuelve más profundo.
Aunque nos falten las palabras, no lo dudes ni un segundo.

Cuando madrugas y no hay nadie más despierto,
yo siempre te recibiré con los brazos abiertos.

Cuando tienes hambre, te preparo tu comida favorita.
Así es como te demuestro que mi ternura es infinita.

Cuando me cuentas historias fantásticas con la voz emocionada
o me dices que te asustan las sombras sobre la almohada,
te escucho desde el principio al final atentamente.
En cada pregunta mi amor está muy presente.

Cuando subes al columpio y me pides un empujón,
te doy impulso con los brazos y alas con el corazón.

Cuando es hora de dormir y me despido con un beso,
se me hincha el corazón de quererte, lo confieso.

Miles de veces al día, de formas grandes y pequeñas,
te lo digo sin palabras, sin usar la voz ni haciendo señas.

Quiero que sepas con cada acción y en cada segundo,
que tú eres lo que más quiero de este mundo.

CUANDO TE AGOBIAS

Cuando te agobias y se te descontrola el coco,
notas tus pensamientos dando vueltas poco a poco.

Cuesta desconectar y recuperar la energía,
pero te ayudaré a superarlo con esta poesía.

Inspira por la nariz y espira muy lentamente.
Céntrate en el ritmo, sigue la corriente.

¿Qué cinco cosas vemos a nuestro alrededor?
Pared, juguete, nariz, cama... ¡incluso un roedor!

Ve despacio, mira cada elemento.
Respira con suavidad y reflexiona un momento.

Concéntrate en cuatro cosas que puedan ser tocadas.
Un peluche, una manta, la sábana o la almohada.

Dedica un rato a notar su diferencia.
Usa manos, pies y pecho, con cuidado y paciencia.

¿Qué tres cosas oyes y te llenan los oídos?
Las agujas del reloj, tu tripa y sus rugidos.

Respira lentamente, escucha los tres sonidos.
Céntrate en ellos antes de pasar a los otros sentidos.

Vamos a agudizar el olfato y a distinguir dos cosas.
¡Mejor evita los calcetines, que no huelen a rosas!

Olisquea con la nariz hasta dar con un olor.
De dos aromas, escoge el que huela mejor.

Ahora toca centrarse en lo que puedas saborear,
sea la pasta de dientes o lo que acabas de cenar.

Olvida las preocupaciones que no te dejan pegar ojo.
Piensa en el aquí y el ahora, en la mano que te cojo.

Estás a salvo, estás bien, no te pasará nada malo.
Relájate y disfruta de la calma. Es todo un regalo.

Cierra los ojos y respira. Concéntrate en tu bienestar.
Te quiero como a nada en el mundo. Es hora de descansar.

CUANDO NO PUEDES CONTROLAR LOS CAMBIOS QUE TE RODEAN

La llegada del viento del cambio ya se hace notar.
Ni sus soplidos ni su vaivén podemos controlar.

Puede que tengas miedo o sientas intranquilidad,
o que te estés aguantando las ganas de llorar.

Te arrastran de arriba abajo, te llevan de lado a lado.
Los vientos aúllan tanto que todo queda silenciado.

Con todo, se puede distinguir una vocecita en el viento.
Si te paras a escucharla, sus palabras te darán aliento:

«Notas que te superan los nervios, el cambio y el conflicto.
El viento lo domina todo, tan mandón y tan estricto.

Pero, aunque sople con fuerza, yo seré tu guía.
En la oscuridad y la ventisca, yo te haré compañía».

El viento no será eterno porque todo tiene un final.
Sé feliz, no te apures, todo irá genial.

Los empujones del viento se convertirán en mimos.
Lo que nunca cambiará es el amor que sentimos.

CUANDO ECHAS DE MENOS A UN SER QUERIDO

Te rodea la soledad, un silencio muy profundo.
Dormirte es lo último que te apetece en el mundo.

Añoras su forma de ser, su risa, su voz, su amor.
Pensar en esa persona te destroza de dolor.

Tienes el corazón roto y quisieras que se curara,
pero a sanar se empieza cuando al dolor plantas cara.

Siente todas tus emociones y no les pongas freno.
Aunque duela el corazón, recuerda a quien echas de menos.

¿Cuál es tu recuerdo favorito? ¿Cuándo te hizo reír?
Piensa en algún momento suyo que quieras revivir.

La pena más pequeña se vuelve grande y alta,
pero es bueno desahogarte siempre que te haga falta.

Prometo que te abrazaré si te duele demasiado.
Sientas lo que sientas, yo te querré y estaré a tu lado.

CUANDO NECESITAS AYUDA PARA DORMIRTE

Aunque tienes el cuerpo cansado, tu cerebro sigue pensando.
Cierra los ojos y respira hondo mientras vamos contando.

El cinco es un bosque lleno de hojas verdes, susurrante.
Siente la tierra bajo los pies y una brisa relajante.

El cuatro es un claro con la hierba que te hace cosquillas.
Las flores crecen a tu alrededor mientras te arrodillas.

El tres es un río que fluye con tranquilidad.
Se desvía y se encauza, salpica con timidez y suavidad.

El dos es la puesta de sol, roja como una llama,
que se vuelve oscura cuando nos vamos a la cama.

El uno es mi cálido abrazo para reconfortarte.
Cuando sientes mi amor, nada malo puede pasarte.

Respira y relaja todos los músculos, los grandes y los pequeños.
Buenas noches, descansa mucho. Y que tengas dulces sueños.

Papel certificado por el Forest Stewardship Council®

Título original: *Bed Time Stories for Hard Days*

Primera edición: abril de 2025

Publicado por primera vez en 2023 por Bright Light, un sello de Hardie Grant Children's Publishing

© 2023, Scott Sutart, por el texto y las ilustraciones. El autor hace valer sus derechos morales.
© 2025, Penguin Random House Grupo Editorial, S. A. U.
Travessera de Gràcia, 47-49. 08021 Barcelona
© 2025, Rocío Rincón Fernández, por la traducción
© 2023, Hardie Grant Children's Publishing, por el diseño

Penguin Random House Grupo Editorial apoya la protección de la propiedad intelectual. La propiedad intelectual estimula la creatividad, defiende la diversidad en el ámbito de las ideas y el conocimiento, promueve la libre expresión y favorece una cultura viva. Gracias por comprar una edición autorizada de este libro y por respetar las leyes de propiedad intelectual al no reproducir ni distribuir ninguna parte de esta obra por ningún medio sin permiso. Al hacerlo está respaldando a los autores y permitiendo que PRHGE continúe publicando libros para todos los lectores. De conformidad con lo dispuesto en el artículo 67.3 del Real Decreto Ley 24/2021, de 2 de noviembre, PRHGE se reserva expresamente los derechos de reproducción y de uso de esta obra y de todos sus elementos mediante medios de lectura mecánica y otros medios adecuados a tal fin. Diríjase a CEDRO (Centro Español de Derechos Reprográficos, http://www.cedro.org) si necesita reproducir algún fragmento de esta obra.
En caso de necesidad, contacte con: seguridadproductos@penguinrandomhouse.com

Printed in Spain – Impreso en España

ISBN: 978-84-272-4796-3
Depósito legal: B-2.698-2025

Compuesto por Gemma Martínez Viura
Impreso en Gómez Aparicio, S. L.
Casarrubuelos (Madrid)

MO 4 7 9 6 3